紅樓夢第五十八回

杏子陰假鳳泣虛凰　茜紗窗真情揆痴理

話說他三人因見探春等進來忙將此話掩住不題探春等問候過大家說笑了一回方散誰知上回所表的那位老太妃已薨凡誥命等皆入朝隨班按爵守制勅諭天下凡有爵之家一年內不得筵宴音樂庶民皆三月不得婚姻賈母婆媳祖孫等俱每日入朝隨祭至未正巳後方回在大偏宮二十一日後方請靈入先陵地名孝慈縣這陵離都來往得十來日之功如今請靈至此還要停放數日方入地宮故得一月光景寧府賈珍夫妻二人也少不得是要去的兩府無人因此大家計議家中

無主便報了尤氏產育將他騰挪出來協理寧榮兩處事件因托了薛姨媽在園內照管他姊妹丫鬟只得也挪進園來此時寶釵處有湘雲香菱李紈處目今李嬸母雖去然有時來往三五日不定賈母又將寶琴送與他去照管迎春處有岫烟探春因家務冗雜且不時有趙姨娘與賈環嘈聒甚不方便惜春處房屋狹小因此薛姨媽都難住况賈母又千叮嚀萬囑咐托他照管黛玉自己素性也最憐愛他今既巧遇這事便挪至瀟湘館和黛玉同房一應藥餌飲食十分經心黛玉感戴不盡已後便亦如寶釵之稱呼連寶釵前亦直以姐姐呼之寶琴前直以妹妹呼之儼似同胞共出較諸人更似親切賈母見如此也十

分喜悅放心薛姨媽只不過照管他姊妹禁約的丫嬛輩一應家中大小事務也不肯多口尤氏雖天天過來也不過應名點卯不肯亂作威福且他家內上下也只剩了他一人料理再者每日還要照管賈母王夫人的下處一應所需飲饌鋪設之物所以也甚操勞當下榮寧兩處主人既如此不暇並兩處執事人等或有跟隨着入朝的或有朝外照理下處事務的又有先跴踏下處的也都各各忙亂因此兩處下人無了正經頭緒也都偷安或乘隙結黨和權暫執事者竊弄威福榮府只留得賴大並幾個管家照管外務這賴大手下常用幾個人已去雖另委人都是些生的只覺不順手且他們無知或賺騙無節或呈告無據或舉薦無因種種不善在在生事也難備述又見各官宦家凡養優伶男女者一槩蠲免遣發尤氏等便議定待王夫人回家回明也欲遣發十二個女孩子又說這些人原是買的如今雖不學唱儘可留着使喚只令其教習們自去也罷了王夫人因說這學戲的倒比不得使喚的他們也是好人家的女兒因無能賣了做這事粧醜弄鬼的幾年如今有這機會不如給他們幾兩銀子盤費各自去罷當日祖宗手裏都是有這例的偺們如今損陰壞德而且還小器如今雖有幾個老的還在那是他們各有原故不肯回去的所以纔留下使喚大了配了我們家裡小廝們了尤氏道如今我們也去問他十二個有願

意回去的就帶了信兒叫他父母來親自領出去給他們幾兩銀子盤纏方妥倘若不叫上他的親人來只怕有混賬人冒名領出去又轉賣了豈不辜負了這恩典若有不願意回去的就留下王夫人笑道這話妥當尤氏等遣人告訴了鳳姐兒一面說與總理房中每教習給銀八兩令其自便凡梨香院一應物件查清記册收明派人上夜將十二個女孩子叫來當面細問倒有一多半不願意回家的也有說父母雖有他只以賣我們姊妹為事這一去還被他賣了也有說父母已亡或被伯叔兄弟所賣的也有說無人可投的也有說戀恩不捨的所願去者止四五人王夫人聽了只得留下將去者四五人皆令其乾娘

領回家去單等他親父母來領將不願去者分散在園中使喚賈母便留下文官自使將正旦芳官指給了寶玉小旦蕊官送了寶釵小生藕官指給了黛玉大花面葵官送了湘雲小花面荳官送了寶琴老外艾官指給了探春尤氏便討了老旦茄官去當下各得其所就如那倦鳥出籠每日園中遊戲衆人皆知他們不能針黹不慣使用皆不大責備其中或有一二個知事的愁將來無應時之技亦將本技丟開便學起針黹紡績女工諸務一日正是朝中大祭賈母等五更便去了下處用些點心小食然後入朝早膳已畢方退至下處歇息用過早飯略歇片刻復入朝侍中晚二祭方出至下處歇息用過晚飯方回家可

巧這下處乃是一個大官的家廟是比丘尼焚修房舍極多極淨東西二院榮府便賃了東院北靜王府便賃了西院太妃少妃每日晏息見賈母等在東院彼此同出同入都有照應外面諸事不消細述且說大觀園內因賈母王夫人天天不在家內又送靈去一月方回各丫鬟婆子皆有閒空多在園內遊玩更又將梨香院內伏侍的衆婆子一槩撤回併散在園內聽使更覺園內人多了幾十個因文官等一干人或心性高傲或倚勢凌下或揀衣挑食或口角鋒芒大概不安分守已者多因此衆婆子含怨只是口中不敢與他們分爭如今散了學大家趁了願也有丟開手的也有心地狹窄猶懷舊怨的因將衆人皆分

在各房名下不敢來廝侵可巧這日乃是清明之日賈璉已備下年例祭祀帶領賈環賈琮賈蘭三人去往鐵檻寺祭柩燒紙寧府賈蓉也同族中人各處祭祀前往因寶玉病未大愈故不曾去得飯後發倦襲人因說天氣甚好你且出去逛逛省的擱下粥碗就睡存在心裡寶玉聽說只得拄了一支杖靸著鞋走出院來因近日將園中分與衆婆子料理各司各業皆在忙時也有修竹的也有剔樹的也有栽花的也有種豆的池中間又有駕娘們行着船夾泥的種藕的湘雲香菱寶琴與些丫鬟等都坐在山石上瞧他們取樂寶玉也慢慢行來湘雲見了他來忙笑說快把這船打出去他們是接林妹妹的衆人都笑起來

寶玉紅了臉也笑道人家的病誰是好意的你也形容著取笑兒湘雲笑道病也比人家另一樣原招笑兒反說起人來說着寶玉便也坐下看着衆人忙亂了一回湘雲因說這裡有風石頭上又冷坐坐去罷寶玉也正要去瞧黛玉起身拄拐辭了他們從沁芳橋一帶堤上走來只見柳垂金線桃吐丹霞山石之後一株大杏樹花已全落葉稠陰翠上面已結了豆子大小的許多小杏寶玉因想道能病了幾天竟把杏花辜負了不覺到綠葉成陰子滿枝了因此仰望杏子不捨又想起邢岫烟已擇了夫婿一事雖說男女大事不可不行但未免又少了一個好女兒不過二年便也要綠葉成陰子滿枝了再過幾日這杏樹

子落枝空再幾年岫烟也不免烏髮如銀紅顏似縞因此不免傷心只管對杏嘆息正想嘆時忽有一個雀兒飛來落於枝上亂啼寶玉又發了獃性心下想道這雀兒必定是杏花正開時他曾來過今見無花空有葉故也亂啼這聲韻必是啼哭之聲可恨公冶長不在眼前不能問他但不知明年再發時這個雀兒可還記得飛到這裡來與杏花一會不能正自胡思間忽見一股火光從山石那邊發出將雀兒驚飛寶玉吃了一驚又聽外邊有人喊道藕官你要死怎麼弄些紙錢進來燒我回奶奶們去仔細你的肉寶玉聽了益發疑惑起來忙轉過山石看時只見藕官滿面淚痕蹲在那裡手內還拿著火守着些紙錢灰

作悲寶玉忙問道你給誰燒紙快別在這裡燒你或是爲父母兄弟你告訴我名姓兒外頭去叫小廝們打了包袱寫上名姓去燒藕官見了寶玉只不做一聲寶玉數問不答忽見一個婆子惡狠狠的走來拉藕官口內說道我已經回了奶奶們奶奶們氣的了不得藕官聽了終是孩氣怕去受辱沒臉便不肯去婆子道我說你們別太興頭過餘了如今還比得你們在外頭亂鬧呢這是尺寸地方兒指着寶玉道連我們的爺還守規矩呢你是什麼阿物兒跑了這裡來胡鬧怕也不中用跟我快走罷寶玉忙道他並沒燒紙原是林姑娘叫他燒那爛字紙你沒看真反錯告了他藕官正沒了主意見了寶玉更自添了畏懼

忽聽他反替遮掩心內轉憂成喜也便硬着口說道狠看真是紙錢子麽我燒的是林姑娘寫壞的字紙那婆子便彎腰向紙灰中揀出不曾化盡的遺紙在手內說道你還嘴硬有証又有憑只和你廳上講去說着拉了袖子拽着要走寶玉忙拉藕官又用拄杖隔開那婆子的手說道你只管拿了回去實告訴你我這夜做了個夢夢見杏花神和我要一挂白錢不可叫本房人燒另叫生人替燒我的病就好的快了所以我請了白錢巴巴的煩他來替我燒了我今日纔能起來偏你又看見了這會子又不好了都是你冲了還要告他去藕官你只管見他們去就依着這話說藕官聽了越得主意反拉着要走那婆子忙丢

下紙錢陪笑央告寶玉說道我原不知道若回太太我這人豈不完了寶玉道你也不許再回我便不說婆子道我已經回了原叫我帶他只好說他被林姑娘叫去了寶玉點頭應允婆子自去這裡寶玉細問藕官為誰燒紙必非父母兄弟定有私自的情理藕官因方纔護庇之情心中感激知他是自己一流人物況再難隱瞞便含淚說道我這事除了你屋裡的芳官合寶姑娘的蕊官並沒第三個人知道今日忽然被你撞見這意思少不得也告訴了你只不許再對一人言講又哭道我也不便和你面說你只回去背人悄悄問芳官就知道了說畢怏怏而去寶玉聽了心下納悶只得踱到瀟湘館瞧黛玉越發瘦得可憐問起來比往日大好了些黛玉見他也比先大瘦了想起往日之事不免流下淚來些微談了一談便催寶玉去歇息調養寶玉只得回來因惦記着要問芳官原委偏有湘雲香菱來了正和襲人芳官一處說笑不好叫他恐人又盤詰只得奈着一時芳官又跟了他乾娘去洗頭他乾娘偏又先叫他親女兒洗過纔叫芳官洗芳官見了這樣便說他偏心把你女兒的剩水給我洗我一個月的月錢都是你拿著沾我的光不算反倒給我剩東剩西的他乾娘羞惱變成怒便罵他不識抬舉的東西怪不得人人都說戲子沒一個好纏的憑你什麼好人入了這一行都學壞了這一點子小崽子也挑么挑六鹹嘴淡舌咬羣

的騾子身的娘兒兩個吵起來襲人忙打發人去說少亂嚷瞅着老太太不在家一個個連句安靜話也都不說了晴雯因說這是芳官不省事不知狂的什麼也不過是會兩齣戲倒像殺了賊王擒過反叛來的襲人道一個巴掌拍不响老的也太不公些小的也太可惡些寶玉道怨不得芳官自古說物不平則鳴他失親少眷的在這裡没人照看賺了他的錢又作踐他如何怪得又向襲人說他到底一月多少錢已後不如你收過來照管他豈不省事些襲人道我要照看他那裡不照看了又要他那幾個錢纔照看他没的招人家罵去說着便起身到那屋裡取了一瓶花露油鷄蛋香皂頭繩之類叫了一個婆子來送

給芳官去叫他另要水自已洗能別吵了他乾娘越發羞愧便說芳官没良心只說我剋扣你的錢便向他身上拍了幾下芳官越發哭了寶玉便走出來襲人忙勸做什麼我去說他晴雯忙先過來指他乾娘說道你這麼大年紀太不懂事你不給他好好的洗我們纔給他東西你自已不臊還有臉打他他要是還在學裡學藝你也敢打他不成那婆子便說一日叫娘終身是母他排揎我我就打得襲人喚麝月道我不會和人拌嘴晴雯性太急你快過去震嚇他兩句麝月聽了忙過來說道你且別嚷我問問你別說我們這一處你看滿園子裡誰在主子屋裡教導過女兒的就是你的親女兒既經分了房有了主子自

有主子打罵再者大些的姑娘姐姐們也可以打得罵得誰許你老子娘又半中間管起閑事來了都這樣管又要叫他們跟着我們學什麼越老越沒了規矩你見前日墜兒的媽來吵你如今也跟着他學你們放心因連日這個病那個病再老太太又不得閒所以我也沒有去回等兩日偺們去痛回一回大家把這威風煞一煞兒纔好呢況且寶玉纔好了些連我們也不敢說話你反打的人狼號鬼哭的上頭出了幾日門你們就無法無天的眼珠子裡就沒了人了再兩天你們就該打我們了他也不要你這乾娘怕糞草埋了他不成寶玉恨的拿拄杖打着門檻子說道這些老婆子都是鐵心石腸是的真是大奇事

不能照看反倒挫磨他們地久天長如何是好晴雯道什麼如何是好都攆出去不要這些中看不中吃的就完了那婆子羞愧難當一言不發只見芳官穿着海棠紅的小綿襖底下綠紬洒花夾褲敞着褲腿一頭烏油油的頭髮披在腦後哭的淚人一般麝月笑道把個鶯鶯小姐弄成纔拷打的紅娘了這會子又不粧扮了還是這麼着晴雯因走過去拉着替他洗淨了髮用手巾擰的乾鬆鬆的挽了一個慵粧髻命他穿了衣裳過這邊來接着內厨房的婆子來問晚飯有了可送不送小丫頭聽了進來問襲人襲人笑道方纔胡吵了一陣也沒留心聽聽幾下鐘了晴雯道這勞什子又不知怎麼了又得去收拾說着拿

過表來瞧了一瞧說道再略等半鍾茶的工夫就是了小丫頭去了麝月笑道提起淘氣來芳官也該打兩下兒昨日是他擺弄了那墜子半日就壞了說話之間便將食具打點現成一時小丫頭子捧了盒子進來站住晴雯麝月揭開看時還是這四樣小菜晴雯笑道已經好了還不給兩樣清淡菜吃這稀飯鹹菜鬧到多早晚一面擺好一面又看那盒中却有一碗火腿鮮笋湯忙端了放在寶玉跟前寶玉便就桌上喝了一口說道好湯衆人都笑道菩薩能幾日沒見葷腥兒就饞的這個樣兒一面說一面端起來輕輕用口吹着因見芳官在側便遞給芳官道你也學些伏侍别一味傻頑傻睡嘴兒輕着些别吹上唾沫

星兒芳官依言果吹了幾口甚妥他乾娘也端飯在門外伺候向裡忙跑進來笑道他不老成看打了碗等我吹罷一面說一面就接晴雯忙喊道快出去你等他砸了碗也輪不到你吹你什麼空兒跑到裡槅兒來了一面又罵小丫頭們瞎了眼的他不知道你們也該說給他小丫頭們都說我們攆他不出去說他又不信如今帶累我們受氣這是何苦呢你可信了我們到的地方兒有你到的一半兒那一半兒是你到不去的呢何況又跑到我們到不去的地方兒還不算又去伸手動嘴的了一面說一面推他出去階下幾個等空盒傢伙的婆子見他出來都笑道嫂子也沒有拿鏡子照一照就進去了羞的那婆子又

恨又氣只得忍耐下去了芳官吹了幾口寶玉笑道你嚐嚐好了沒有芳官當是頑話只是笑着看襲人等襲人道你就嚐一口何妨晴雯笑道你瞧我嚐說著便喝一口芳官見如此他便嚐了一口說好了遞給寶玉喝了半碗吃了幾片筍又吃了半碗粥就算了衆人便收出去小丫頭捧沐盆漱盥畢襲人等去吃飯寶玉使個眼色給芳官芳官本來伶俐又學了幾年戲何事不知便粧肚子疼不吃飯了襲人道既不吃在屋裡做伴兒把粥留下你餓了再吃說着去了寶玉將方纔見藕官如何謊言護庇如何藕官叫我問你細細的告訴一遍又問他祭的到底是誰芳官聽了眼圈兒一紅又嘆一口氣道這事說來藕官

兒也是胡鬧寶玉忙問如何芳官道他祭的就是死了的葯官兒寶玉道他們兩個也算朋友也是應當的芳官道那裡又是什麼朋友哩那都是傻想頭他是小生葯官是小旦往常時他們扮作兩口兒每日唱戲的時候都粧着那麼親熱一來二去兩個人就粧糊塗了倒像真的一樣兒後來兩個竟是你疼我我愛你葯官兒一死他就哭的死去活來的到如今不忘所以每節燒紙後來補了蕊官我們見他也是那樣就問他爲什麼得了新的就把舊的忘了他說不是忘了比如人家男人死了女人也有再娶的只是不把死的丟過不提就是有情分了你說他是傻不是呢寶玉聽了這獃話獨合了他的獃性不覺又

喜又悲又稱奇道絕拉着芳官囑咐道既如此說我有一句話囑咐你須得你告訴他已後斷不可燒紙逢時按節只備一爐香一心虔誠就能感應了我那案上也只設着一個爐我有心事不論日期時常焚香隨便新水新茶就供一盞或有鮮花鮮菓甚至葷腥素菜都可只在敬心不在虛名已後快叫他不可再燒紙了芳官聽了便答應着一時吃過粥有人回說老太太回來了要知端底且看下回分解

紅樓夢第五十八回終

紅樓夢第五十九回

柳葉渚邊嗔鶯叱燕　絳芸軒裡召將飛符

話說寶玉聞聽賈母等回來隨多添了一件衣裳拄了杖前邊來都見過了賈母等因每日辛苦都要早些歇息一宿無話次日五鼓又往朝中去離送靈日不遠鴛鴦琥珀翡翠玻璃四人都忙着打點賈母之物玉釧彩雲彩霞皆打點王夫人之物當面查點與跟隨的管事媳婦們跟隨的一共大小六個丫鬟十個老婆媳婦子男人不算連日收拾馱轎器械鴛鴦和玉釧兒皆不隨去只看屋子一面先幾日預備帳幔鋪陳之物先有四五個媳婦並幾個男子領出來坐了幾輛車遶過去先至下處

鋪陳安插等候臨日賈母帶着賈蓉媳婦坐一乘馱轎王夫人在後亦坐一乘馱轎賈珍騎馬率領眾家丁圍護又有幾輛大車與婆子丫鬟等坐並放些隨換的衣包等件是日薛姨媽尤氏率領諸人直送至大門外方回賈璉恐路上不便一面打發他父母起身趕上了賈母王夫人馱轎自已也隨後帶領家丁押後跟來榮府內賴大添派人丁上夜將兩處廳院都關了一應出入人等皆走西邊小角門日落時便命關了儀門不放人出入園中前後東西角門亦皆關鎖只留王夫人大房之後常係他姐妹出入之門東邊通薛姨媽的角門這兩門因在裡院不必關鎖裡面鴛鴦和玉釧兒也將上房關了自領丫鬟婆子

下房去歇每日林之孝家的帶領十來個老婆子上夜穿堂內又添了許多小厮打更已安插得十分妥當一日清曉寶釵春困已醒搴帷下榻微覺輕寒及啟戶視之見苑中土潤苔青原來五更時落了幾點微雨於是喚起湘雲等人來一面梳洗湘雲因說兩腮作癢恐又犯了桃花癬因問寶釵要些薔薇硝擦寶釵道前日剩的都給了琴妹妹了因說顰兒配了許多我正要要他些來因今年竟沒發癢就忘了因命鶯兒去取些來鶯兒應了纔去時蕊官便說我和你去順便瞧瞧藕官說著徑同鶯兒出了蘅蕪院二人你言我語一面行走一面說笑不覺到了柳葉渚順着柳堤走來因見葉纔點碧絲若垂金鶯兒便笑

道你會拿這柳條子編東西不會蕊官笑道編什麼東西鶯兒道什麼編不得頑的使的都可等我摘些下來帶著這葉子編一個花籃掐了各色花兒放在裡頭纔是好頑呢說著且不去取硝只伸手採了許多嫩條命蕊官拿著他却一行走一行編花籃隨路見花便採一二枝編出一個玲瓏過梁的籃子枝上自有本來翠葉滿佈將花放上却也別致有趣喜得蕊官笑說好姐姐給了我罷鶯兒道這一個送咱們林姑娘回來咱們再多採些編幾個大家頑說着來至瀟湘館中黛玉也正晨粧見了這籃子便笑說這個新鮮花籃是誰編的鶯兒說我編的送給姑娘頑的黛玉接了笑道怪道人人讚你的手巧這頑意兒

却也別致一面瞧了一面便叫紫鵑掛在那裡鶯兒又問候薛姨媽方和黛玉要硝黛玉忙命紫鵑去包了一包遞給鶯兒黛玉又說道我好了今日要出去逛逛你回去說給姐姐不用過來問候媽媽也不敢勞他過來我梳了頭和媽媽都往那裡去吃飯大家熱鬧些鶯兒答應了出來便到紫鵑房中找蕊官只見蕊官却與藕官二人正說得高興不能相捨鶯兒便笑說姑娘也去呢藕官先同去等着不好嗎紫鵑聽見如此說便也說道這話倒狠是他這裡淘氣的可厭一面說一面便將黛玉的匙筯用了一塊洋巾包了交給藕官道你先帶了這個去也算一趟差了藕官接了笑嘻嘻同他二人出來一徑順着柳堤走來鶯兒便又採些柳條索性坐在山石上編起來又命蕊官先送了硝去再來他二人只顧愛看他編那裡捨得去鶯兒只管催說你們再不去我就不編了藕官便說同你去了再快回來二人方去了這裡鶯兒正編只見何媽的女兒春燕走來笑問姐姐編什麼呢正說着蕊官藕官也到了春燕便向藕官道前日你到底燒了什麼紙叫我姨媽看見了要告你沒告成倒被寶玉賴了他好些不是氣得他一五一十告訴我媽你們在外頭二三年了積了些什麼仇恨如今還不解開藕官冷笑道有什麼仇恨他們不知足反怨我們在外頭這兩年不知賺了我們多少東西你說說可有的沒的春燕也笑道他是我的姨媽

也不好向着外人反說他的怨不得寶玉說女孩兒未出嫁是顆無價寶珠出了嫁不知怎麼就變出許多不好的毛病兒來再老了更不是珠子竟是魚眼睛了分明一個人怎麼變出三樣來這話雖是混賬話想起來真不錯別人不知道只說我媽和姨媽他老姐兒兩個如今越老了越把錢看的有了先是老姐兒兩個在家抱怨沒個差使進益幸虧有了這園子把我挑進來可巧把我分到怡紅院家裡省了我一個人的費用不筭外每月還有四五百錢的餘剩這也還說不彀後來老姐兒兩個都派到梨香院去照着他們藕官認了我姨媽芳官認了我媽這幾年着實寬綽了如今挪進來也算撂開手了還只無厭

你說可笑不可笑接着我媽和芳官又吵了一場又要給寶玉吹湯討個沒趣兒幸虧園裡的人多沒人記的清楚誰是誰的親故要有人記得我們一家子叫人家看着什麼意思呢你這會子又跑了來弄這個這一帶地方上的東西都是我姑媽管著他一得了這地每日起早睡晚自己辛苦了還不筭每日逼着我們來照看生怕有人遭塌我又怕悞了我的差使如今我們進來了老姑嫂兩個照看得謹謹慎慎一根草也不許人亂動你還掐這些好花兒又折他嫩樹枝子他們即刻就來你看他們抱怨鶯兒道別人折掐使不得獨我使得自從分了地基之後各房裡每日皆有分例的不用算單筭花草頑意兒誰

管什麽每日誰就把各房裡姑娘丫頭帶的必要各色送些折枝去另有插瓶的惟有我們姑娘說了一槩不用送等要什麽再和你要究竟總沒要過一次我今便掐些他們也不好意思說的一言未了他姑媽果然拄了拐杖走來鶯兒春燕等忙讓坐那婆子見採了許多嫩柳又見藕官等採了許多鮮花心裡便不受用看着鶯兒編弄又不好說什麽便說春燕道我叫你來照看照看你就貪着頑不去了倘或叫起你來你又說我使你了拿我作隱身草兒你來樂春燕道你老人家又使我又怕這會子反說我難道把我劈八瓣子不成鶯兒笑道姑媽你別信小燕的話這都是他摘下來煩我給他編我攆他他不去

春燕笑道你可少頑兒你只顧頑他老人家就認真的那婆子本是愚夯之輩兼之年邁昏眊惟利是命一槩情面不管正心疼肝斷無計可施聽鶯兒如此說便倚老賣老拿起拄杖向春燕身上擊了幾下罵道小蹄子我說着你你還和我强嘴兒呢你媽恨的牙癢癢要撕你的肉吃呢你還和我梆子是的打得春燕又愧又急因哭道鶯兒姐姐頑話你就認真打我我媽爲什麽恨我又沒燒煳了洗臉水有什麽不是鶯兒本是頑話忽見婆子認真動了氣忙上前拉住笑道我纔是頑話你老人家打他這不是臊我了嗎那婆子道姑娘你別管我們的事難道爲姑娘這裡不許我們管孩子不成鶯兒聽這般蠢話便賭氣

來喊道你回來我告訴你再去春燕那裡肯回來急的他娘跑了去要拉他春燕回頭看見便也往前飛跑他娘只顧赶他不防脚下被青苔滑倒招的鶯兒三個人反都笑了鶯兒賭氣將花柳皆擲於河中自回房去這裡把個婆子心疼的只念佛又罵促俠小蹄子遭塌了花兒雷也是要劈的自己且掐花與各房送去却說春燕一直跑進院中頂頭遇見襲人往黛玉處問安去春燕便一把抱住襲人說姑娘救我我媽又打我呢襲人見他娘來了不免生氣便說道三日兩頭兒打了乾的打親的還是賣弄你女孩兒多還是認真不知王法這婆子來了幾日見襲人不言不語是好性兒的便說道姑娘你不知道別管我

們的閑事都是你們縱的還管什麼說着便又赶着打襲人氣的轉身進來見麝月正在海棠下晾手巾聽如此喊鬧便說姐姐別管看他怎麼着一面使眼色給春燕春燕會意直奔了寶玉去衆人都笑說這可是從來沒有的事今兒都鬧出來了麝月向婆子道你再略煞一煞氣兒難道這些人的臉面和你討一個情還討不出來不成那婆子見他女兒奔到寶玉身邊去又見寶玉拉了春燕的手說你別怕有我呢春燕一行哭一行將方纔鶯兒等事都說出來寶玉越發急起來說你只在這裡鬧倒罷了怎麼把你媽也都得罪起來麝月又向婆子及衆人道怨不得這嫂子說我們管不着他們的事我們原無知錯管

了如今請出一個管得着的人來管一管嫂子就心服口服也知道規矩了便回頭命小丫頭子去把平兒給我叫來平兒不得閒就把林大娘叫了來那小丫頭子應了便走衆媳婦上來笑說嫂子快求姑娘們叫回那孩子來罷平姑娘來了可就不好了那婆子說道憑是那個姑娘來了也要評個理沒有見個娘管女孩兒大家管着娘的衆人笑道你當是那個平姑娘是二奶奶屋裡的平姑娘啊他有情麼你說兩句他一翻臉嫂子你吃不了兜着走說着只見那個小丫頭回來說平姑娘正有事呢問我做什麼我告訴了他他說叫先攆出他去告訴林大娘在角門子上打四十板子就是了那婆子聽見如此說了嚇得淚流滿面央告襲人等說好容易我進來了况且我是寡婦家沒有壞心一心在裡頭伏侍姑娘們我這一去不知苦到什麼田地襲人見他如此說又心軟了便說你既要在這裡又不守規矩又不聽話又亂打人那裡弄你這個不曉事的人來天天鬬口齒也叫人笑話晴雯道理他呢打發他去了正經那裡那麼大工夫和他對嘴對舌的那婆子又央衆人道我雖錯了姑娘們吩咐了以後改過姑娘們那不是行好積德一面又央告春燕原是爲打你起的饒沒打成你我如今反受了罪好孩子你好歹替我求求寶玉見如此可憐便命留下不許再鬧再鬧一定打了攆出去那婆子一一謝過下去只見平兒走來

紅樓夢第六十回

茉莉粉替去薔薇硝　玫瑰露引出茯苓霜

話說襲人因問平兒何事這等忙亂平兒笑道都是世人想不到的說來也好笑等過幾日告訴你如今沒頭緒呢且也不得閒兒一語未了只見李紈的丫鬟來了說平姐姐可在這裡奶奶等你你怎麼不去了平兒忙轉身出來口內笑說來了來了襲人等笑道他奶奶病了他又成了香餑餑了都搶不到手平兒去了不提這裡寶玉便叫春燕你跟了你媽去到寶姑娘房裡把鶯兒安伏安伏也不可白得罪了他春燕一面答應了和他媽出去寶玉又隔窗說道不可當着寶姑娘說看叫鶯兒倒受了教導娘兒兩個應了出來一面走著一面說閒話兒春燕因向他娘道我素日勸你老人家再不信何苦鬧出沒趣來纔罷他娘笑道小蹄子你走罷俗語說不經一事不長一智我如今知道了你又該來支問着我了春燕笑道媽你若好生安分守已在這屋裡長久了自有許多好處我且告訴你句話寶玉常說這屋裡的人無論家裡外頭的一應我們這些人他都要回太太全放出去與本人父母自便呢你只說這一件可好不好他娘聽說喜的忙問這話果真春燕道誰可撒謊做什麼婆子聽了便念佛不絕當下來至蘅蕪苑中正值寶釵黛玉薛姨媽等吃飯鶯兒自去泡茶春燕便和他媽一逕到鶯兒前陪笑

說方纔言語冒撞姑娘莫嗔莫怪特來陪罪鶯兒也笑了讓他坐又倒茶他娘兒兩個說有事便作辭回來忽見蕊官趕出叫媽媽姐姐略站一站一面走上遞了一箇紙包兒給他們說是薔薇硝帶給芳官去擦臉春燕笑道你們也太小氣了還怕那裡沒這個給他巴巴兒的又弄一包給他去蕊官道他是他的我送的是我送的姐姐千萬帶回去罷春燕只得接了娘兒兩個回來正值賈環賈琮二人來問候寶玉也纔進去春燕便向他娘說只我進去罷你老人家不用去他娘聽了自此百依百隨的不敢倔強了春燕進來寶玉知道回復了便先點頭春燕知意也不再說一語略站了一站便轉身出來使眼色給芳官

芳官出來春燕方悄悄的說給他蕊官之事並給了他硝寶玉並無和琮環可談之語因笑問芳官手裡是什麼芳官便忙遞與寶玉瞧又說是擦春癬的薔薇硝寶玉笑道難爲他想的到賈環聽了便伸着頭瞧了一瞧又聞得一股清香便彎腰向靴筒內掏出一張紙來托着笑道好哥哥給我一半兒寶玉只得要給他芳官心中因是蕊官之贈不肯給別人連忙攔住笑說道別動這個我另拿些來寶玉會意忙笑道且包上拿去芳官接了這個自去收好便從奩中去尋自己常使的啟奩看時盒內已空心中疑惑早起還剩了些如何就沒了因問人時都說不知麝月便說這會子且忙着問這個不過是這屋裡人一時

下流沒剛性的也只好受這些毛丫頭的氣平白我說你一句兒或無心中錯拿了一件東西給你你倒會扭頭暴筋瞪著眼撒摔我這會子被那起毛崽子耍弄倒就罷了你明日還想這些家裡人怕你呢你沒有什麼本事我也替你恨賈環聽了不免又愧又急又不敢去只摔手說道你這麼會說你又不敢去支使了我去鬧他們倘或往學裡告去我捱了打你敢自不疼遭遭兒調唆我去鬧出事來我捱了打罵你一般也低了頭這會子又調唆我和毛丫頭們去鬧你不怕三姐姐你敢去我就服你一句話戳了他娘的心便嚷道我腸子裡爬出來的我再怕了這屋裡越發有活頭兒了一面說一面拿了那包兒便飛

也似往園中去了彩雲死勸不住只得躲入別房賈環便也躲出儀門自去頑耍趙姨娘直進園子正是一頭火頂頭遇見藕官的乾娘夏婆子走來瞧見趙姨娘氣的眼紅面青的走來因問姨奶奶那裡去趙姨娘拍著手道你瞧瞧這屋裡連三日兩日進來唱戲的小粉頭們都三般兩樣掂人的分量放小菜兒了要是別的人我還不惱要叫這些小娼婦捉弄了還成了什麼了夏婆子聽了正中己懷忙問因什麼事趙姨娘遂將以粉作硝輕侮賈環之事說了一回夏婆子道我的奶奶你今日纔知道這算什麼事連昨日這箇地方他們私自燒紙錢寶玉還攔在頭裡人家還沒拿進個什麼兒來就說使不得不干不淨

的東西忌諱這燒紙倒不忌諱你想一想這屋裡除了太太誰還大似你你自己掌不起但凡掌的起來誰還不怕你老人家如今我想趁這幾個小粉頭兒都不是正經貨就得罪他們也有限的快把這兩件事抓着理扎個筏子我幫着你作証見你老人家把威風也抖一抖以後也好爭别的就是奶奶姑娘們也不好爲那起小粉頭子說你老人家的不是趙姨娘聽了這話越發有理便說燒紙的事我不知道你細細告訴我夏婆子便將前事一一的說了又說你只管說去倘或鬧起來還有我們幫着你呢趙姨娘聽了越發得了意仗着膽子便一逕到了怡紅院中可巧寶玉往黛玉那裡去了芳官正和襲人等吃飯

見趙姨娘來了忙都起身讓姨奶奶吃飯什麼事情這麼忙趙姨娘也不答話走上來便將粉照芳官臉上摔來手指着芳官罵道小娼婦養的你是我們家銀子錢買了來學戲的不過娼婦粉頭之流我家裡下三等奴才也比你高貴些你都會看人下菜碟兒寶玉要給東西你攔在頭裡莫不是要了你的了拿這個哄他你只當他不認得呢好不好他們是手足都是一樣的主子那裡有你小看他的芳官那裡禁得住這話一行哭一行便說沒了硝我纔把這個給了他要說沒了又怕不信難道這不是好的我就學戲也沒在外頭唱去我一個女孩兒家知道什麼粉頭麪頭的姨奶奶犯不着來罵我我又不是姨奶奶

家貴的梅香拜把子都是奴才罷咧這是何苦來呢襲人忙拉他說休胡說趙姨娘氣的發怔便上來打了兩個耳刮子襲人等忙上來拉勸說姨奶奶不必和他小孩子一般見識等我們說他芳官捱了兩下打你裡肯依便打滾撒潑的哭鬧起來口內便說你打的着我麼你照照你那模樣兒再動手我叫你打了去也不用活着了撞在他懷內叫他打衆人一面勸一面拉晴雯悄拉襲人說不用管他們讓他們鬧去看怎麼開交如今亂為王了什麼你也來打我也來打都這樣起來還了得呢外面跟趙姨娘來的一干人聽見如此心中各各趁愿都念佛說也有今日又有那一干懷怨的老婆子見打了芳官也都趁愿

當下藕官蕊官等正在一處頑湘雲的大花面葵官寳琴的荳官兩個聽見此信忙找着他兩個說芳官被人欺負咱們也沒趣兒須得大家破着大鬧一塲方爭的過氣來四人終是小孩子心性只顧他們情分上義憤便不顧別的一齊跑入怡紅院中荳官先就照着趙姨娘撞了一頭幾乎不曾將趙姨娘撞了一跤那三個也便擁上來放聲大哭手撕頭撞把個趙姨娘裹住晴雯等一面笑一面假意去拉急的襲人拉起這個又跑了那個口內只說你們要死啊有委屈只管好說這樣沒道理還了得了趙姨娘反沒了主意只好亂罵蕊官藕官兩個一邊一個抱住左右手葵官荳官前後頭頂住只說你打死我們四個

纔等芳官直挺挺躺在地下哭的死過去正沒開交誰知晴雯早遣春燕回了探春當下尤氏李紈探春三人帶着平兒與衆媳婦走來忙忙把四個喝住問起原故來趙姨娘氣的瞪著眼粗了筋一五一十說個不淸尤李兩個不答言只喝禁他四人探春便嘆氣說道這是什麼大事姨娘太肯動氣了我正有一句話要請姨娘商議怪道丫頭們說不知在那裡原來在這裡生氣呢姨娘快同我來尤氏李紈都笑說請姨娘到廳上來偺們商量趙姨娘無法只得同他三人出來口內猶說長說短探春便說那些小丫頭子們原是頑意兒喜歡呢和他頑頑笑笑不喜歡可以不理他就是了他不好了如同猫兒狗兒抓咬了

一下子可恕就恕不恕時也只該叫管家媳婦們說給他去責罰何苦自不尊重大吆小喝也失了體統你瞧周姨娘怎麼沒人欺他他也不尋人去我勸姨娘且回房去煞煞氣兒別聽那謅聽訥的混賬人調唆惹人笑話自巳獃白給人家做活心裡有二十分的氣也忍耐這幾天等太太回來自然料理一席話說得趙姨娘閉口無言只得回房去了這裡探春氣的和李紈尤氏說這麼大年紀行出來的事總不叫人敬服這是什麼意思也値的吵一吵並不留體統耳躲又軟心裡又沒有算計這又是那起沒臉面的奴才們調唆的作弄出個獃人替他們出氣越想越氣因命人查是誰調唆的媳婦們只得答應着出來

相視而笑都說是大海裡那裡撈針去只得將趙姨娘的人並
園中人喚來盤詰都說不知道衆人也無法只得回探春一時
難查慢慢的訪凡有口舌不妥的一總來回了責罰探春氣漸
漸平服方罷可巧艾官便悄悄的回探春說都是夏媽素日和
這芳官不對每每的造出些事來前日賴藕官燒紙幸虧是寶
二爺自己應了他纔沒話今日我給姑娘送絹子去看見他和
姨奶奶在一處說了半天嘁嘁喳喳的見了我來纔走開了探
春聽了雖知情弊亦料定他們皆一黨本皆淘氣異常便只答
應也不肯據此爲証誰知夏婆的外孫女兒小蟬兒便是探春
處當差的時常與房中丫鬟們買東西衆女孩兒都待他好這

日飯後探春正上廳理事翠墨在家看屋子因命小蟬出去叫
小么兒買糕去小蟬便笑說我纔掃了個大院子腰腿生疼的
你叫别的人去罷翠墨笑說我又叫誰去你趁早兒去我告訴
你一句好話你到後門順路告訴你老娘防着些兒說着便將
艾官告他老娘的話告訴了他小蟬聽說忙接了錢道這個小
蹄子也要捉弄人等我告訴去說着便起身出來至後門邊只
見廚房內此刻手閒之時都坐在臺堦上說閒話呢夏婆亦在
其內小蟬便命一個婆子出去買糕他且一行罵一行說將方
纔的話告訴了夏婆子夏婆子聽了又氣又怕便欲去找艾官
問他又要往探春前去訴冤小蟬忙攔住說你老人家去怎麼

說呢這話怎麼知道的可又叨蹬不好了說給你老人家防着
就是了那裡忙在一時兒正說着忽見芳官走來扒着院門笑
向厨房中柳家媳婦說道柳嬸子寶二爺說了晚飯的素菜要
一樣凉凉的酸酸的東西只不要擱上香油弄膩了柳家的笑
道知道今兒怎麼又打發你來告訴這麼句要緊的話呢你不
嫌腌臢進來逛逛芳官纔進來忽有一個婆子手裡托了一碟
子糕來芳官戲說誰買的熱糕我先嚐一塊兒小蟬一手接了
道這是人家買的你們還希罕這個柳家的見了忙笑道芳姑
娘你愛吃這個我這裡有纔買下給你姐姐吃的他没有吃還
收在那裡乾乾淨淨没動的說着便拿了一碟子出來遞給芳

官又說你等我替你燉口好茶來一面進去現通開火燉茶芳
官便拿着那糕舉到小蟬臉上說誰希罕吃你那糕這個不是
糕不成我不過說着頑罷了你給我磕頭我還不吃呢說着便
把手內的糕掰了一塊扔著逗雀兒頑口內笑說道柳嬸子你
別心疼我回來買二斤給你小蟬氣的怔怔的瞅着說道雷公
老爺也有眼睛怎麼不打這作孽的人衆人都說道姑娘們罷
喲天天見了就咕唧有幾個伶透的見他們拌起嘴來了又怕
生事都拿起脚來各自走開當下小蟬也不敢十分說話一面
咕噥着去了這裡柳家的見人散了忙出來和芳官說前日那
話說了没有芳官道說了等一兩天再提這事偏那趙不死的

又和我鬧了一塲前日那玫瑰露姐姐吃了沒有他到底可好些柳家的道可不都吃了他愛的什麽兒是的又不好合你再要芳官道不值什麽等我再要些來給他就是了原來柳家的有個女孩兒今年十六歲雖是廚役之女却生得人物與平襲鴛紫相類因他排行第五便叫他五兒只是素有弱疾故没得差使近因柳家的見寶玉房中丫鬟差輕人多且又聞寶玉將來都要放他們故如今要送到那裡去應名正無路頭可巧這柳家的是梨香院的差使他最小意殷勤伏侍的芳官一干人比别的乾娘還好芳官等待他也極好如今便和芳官說了央及芳官去和寶玉說寶玉雖是依允只是近日病着又有事尚未得說前言少述且說當下芳官回至怡紅院中回復了寶玉這裡寶玉正爲趙姨娘吵鬧心中不悅說又不是不說又不是只等吵完了打聽着探春勸了他去後方又勸了芳官一陣因使他到廚房說話去今見他同來又說還要些玫瑰露給柳五兒吃去寶玉忙道有着呢我又不大吃你都給他吃去罷說着命襲人取出來見瓶中也不多了遂連瓶給了芳官芳官便自攜了瓶與他去正值柳家的帶進他女兒來散悶在那邊畸角子一帶地方逛了一回便回到廚房內正吃茶歇著呢見芳官拿了一個五寸來高的小玻璃瓶來迎亮照着裡面有半瓶胭脂一般的汁子還當是寶玉吃的西洋葡萄酒母女兩個忙說

快拿鏇子燙滾了水你且坐下芳官笑道就剩了這些連瓶子給你罷五兒聽說方知是玫瑰露忙接了又謝芳官因說道今日好些進來逛逛這後邊一帶沒有什麼意思不過是些大石頭大樹和房子後墻正經好景致也沒看見芳官道你為什麼不往前去柳家的道我沒叫他往前去姑娘們也不認得他倘有不對眼的人看見了又是一番口舌明日托你攜帶他有了房頭兒怕沒人帶着逛呢只怕逛膩了的日子還有呢芳官聽了笑道怕什麼有我呢柳家的忙道噯喲喲我的姑娘我們的頭皮兒薄比不得你們說着又倒了茶來芳官那裏吃這茶只漱了一口便走了柳家的說我這裏占着手呢五丫頭送送五

兒便送出來因見無人又拉着芳官說道我的話到底說了沒有芳官笑道難道哄你不成我聽見屋裏正經還少兩個人的窩兒並沒補上一個是小紅的璉二奶奶要了去還沒給人來一個是墜兒的也沒補如今要你一個也不算過分皆因平兒每每和襲人說凡有動人動錢的事得挨的且挨一日如今三姑娘正要拿人作筏子呢連他屋裏的事都駁了兩三件如今正要尋我們屋裏的事沒尋着何苦來往網裏碰去倘或說些話駁了那時候老了倒難再回轉且等冷一冷兒老太太太太心閒了憑是天大的事先和老的兒一說沒有不成的五兒道雖如此說我却性兒急等不得了趁如今挑上了頭宗給我媽

爭口也不枉養我一場二宗我添了月錢家裡又從容些三宗我開開心只怕這病就好了就是請大夫吃藥也省了家裡的錢芳官說你的話我都知道了你只管放心說畢芳官自去了單表五兒回來和他娘深謝芳官之情他娘因說再不承望得了這些東西雖然是個尊貴物兒却是吃多了也動熱竟把這個倒些送個人去也是大情五兒問送誰他娘道送你姑舅哥哥一點兒他那熱病也想這些東西吃我倒半盞給他去五兒聽了半日沒言語隨他媽倒了半盞去將剩的連瓶便放在傢伙厨內五兒冷笑道依我說竟不給他也罷了倘或有人盤問起來倒又是一場是非他娘道那裡怕起這些來還了得我們

辛辛苦苦的裡頭賺些東西也是應當的難道是作賊偷的不成說着不聽一逕去了直至外邊他哥哥家中他侄兒正躺着一見這個他哥哥嫂子侄兒無不歡喜現從井上取了凉水吃了一碗心中爽快頭目清凉剩的半盞用紙蓋着放在棹上可巧又有家中幾個小廝和他侄兒素日相好的伴兒走來看他的病內中有一個叫做錢槐是趙姨娘之內親他父母現在庫上管賬他本身又派跟賈環上學因他手頭寬裕尚未娶親素日看上柳家的五兒標緻一心和父母說了娶他爲妻也曾央中保媒人再四求告柳家父母却也情愿爭奈五兒執意不從雖未明言却已中止他父母未敢應允近日又想往園內去越

發將此事丟開只等三五年後放出時自向外邊擇婿了錢槐家中人見如此也就罷了爭奈錢槐不得五兒心中又氣又愧發恨定要弄取成配方了此愿今日也同人來看望柳氏的姪兒不期柳家的在內柳家的見一羣人來了內中有錢槐便推說不得閑起身走了他哥哥嫂子忙說姑媽怎麼不喝茶就走倒難爲姑媽記罣著柳家的因笑道只怕裡頭傳飯再閒了出來瞧姪兒罷他嫂子因向抽屜內取了一個紙包兒出來拿在手內送了柳家的出來至墻角邊遞與柳家的又笑道這是你哥哥昨日在門上該班兒誰知這五日的班兒一個外財沒發只有昨日有廣東的官兒來拜送了上頭兩小簍子茯苓霜餘

外給了門上人一簍作門禮你哥哥分了這些昨兒晚上我打開看了看怪俊雪白的說拿人奶和了每日早起吃一鍾最補人的沒人奶就用牛奶再不得就是滚白水也好我們想着正是外甥女兒吃得的上半天原打發小丫頭子送了家去他說鎖着門連外甥女兒也進去了本來我要瞧瞧他去給他帶了去的又想著主子們不在家各處嚴緊我又沒什麽差使跑什麽兒且這兩日風聞着裡頭家反作亂的倘或沾帶了倒值多了姑媽來的正好親自帶去罷柳氏道了生受作別回來剛走到角門前只見一個小么兒笑道你老人家那裡去了裡頭三次兩轍叫人傳呢叫我們三四個人各處都找到了你老人家

從那裡來了這条路又不是家去的路我倒要疑心起來了那柳家的笑道好小猴兒崽子你也和我胡說起來了回來問你

要知端底下回分解

紅樓夢第六十回終

紅樓夢第六十一回

投鼠忌器寶玉瞞贜　判冤决獄平兒行權

話說那柳家的聽了這小么兒一夕話笑道好猴兒崽子你親嬸子找野老兒去了你不多得一個叔叔嗎有什麼疑的别叫我把你頭上的榪子蓋揪下来還不開門讓我進去呢那小厮且不推門又拉着笑道好嬸子你這一進去好歹偷幾個杏兒出來賞我吃我這裡老等你要忘了日後半夜三更打酒買油的我不給你老人家開門也不答應你隨你乾叫去柳氏啐道發了昏的今年還比往年把這些東西都分給了眾媽媽了一個個的不像抓破了臉的人打樹底下一過兩眼就像那黧鷄

是的還動他的菓子可是你舅母姨娘兩三個親戚都管着怎麼不和他們要倒和我来要這可是倉老鼠問老鴰去借糧守着的沒有飛着的倒有小厮笑道噯喲沒有罷了說上這些閒話我看你老人家從今已後就用不着我了就是姐姐有了好地方兒將来呼喚我們的日子多着呢只要我們多答應他些就有了柳氏聽了笑道你這個小猴兒精又搗鬼了你姐姐有什麼好地方兒那小厮笑道不用哄我了早已知道了单是你們有内緯難道我們就沒有内緯不成我雖在這裡聽差裡頭却也有兩個姐姐成個體統的什麼事瞞的過我正説着只聽門内又有老婆子向外叫小猴兒們傳你柳嬸子去罷再不来

可就悮了柳家的聽了不顧和那小厮説話忙推門進去笑説不必忙我来了一面來至厨房雖有幾個同伴的人他們都不敢自專单等他來調停分派一面問衆人五丫頭那裡去了衆人都説纔往茶房裡找我們姐妹去了柳家的聽了便將茯苓霜擱起且按着房頭分派菜饌忽見探春房裡小丫頭蓮花兒走來説司棋姐姐説要碗鷄蛋頓的嫩嫩的柳家的道就是這一様兒尊貴不知怎麽今年鷄蛋短的很十個錢一個還找不出來昨日上頭給親戚家送粥米去四五個買辦出去好容易纔凑了二千個来我那裡找去你説給他改日吃罷蓮花兒道前日要吃荳腐你弄了些餿的叫他説了我一頓今日要雞蛋

又没有了什麽好東西我就不信連鷄蛋都没有了别叫我翻出來一面説一面真個走來揭起菜箱一看只見裡面果有十來個鷄蛋説道這不是你就這麽利害吃的是主子分給我們的分例你爲什麽心疼又不是你下的蛋怕人吃了柳家的忙丢了手裡的活計便上來説道你少滿嘴裡混唚你媽纔下蛋呢通共留下這幾個預備菜上的飄馬兒姑娘們不要還不肯做上去呢預備遇急兒的你們吃了倘或一聲要起來没有好的連鷄蛋都没了你們深宅大院水來伸手飯來張口只知雞蛋是平常東西那裡知道外頭買賣的行市呢别説這個有一年連草棍子還没了的日子還有呢我勸他們細米白飯每日

肥鷄大鴨子將就些兒也罷了吃膩了膓子天天又鬧起故事來了鷄蛋豆腐又是什麽麵筋醬蘿蔔炸兒敢自倒換口味只是我又不是答應你們的一處要一樣就是十來樣我倒不用伺候頭層主子只預備你們二層主子了蓮花兒聽了便紅了臉喊道誰天天要你什麽來你說這麽兩車子話叫你來不是爲便宜是爲什麽前日春燕來說晴雯姐姐要吃蒿子桿兒你怎麽忙的還問肉炒鷄炒春燕說葷的不好另叫你炒個麵筋兒少擱油纔好你忙着就說自巳發昏赶著洗手炒了狗顛屁股兒是的親自捧了去今兒反倒拿我作筏子說我給衆人聽柳家的忙道阿彌陀佛這些人眼見的别說前日一次就從舊

年以來那屋裡偶然間不論姑娘姐兒們要添一樣半樣誰不是先拿了錢來另買另添有的没的名聲好聽算着連姑娘帶姐兒們四五十人一日也只管要兩隻鷄兩隻鴨子一二十斤肉一吊錢的菜蔬你們算算殼做什麽的連本項兩頓飯還撑持不住還擱得住這個點這樣那個點那樣買來的又不吃又要别的去既這樣不如回了太太多添些分例也像大厨房裡預備老太太的飯把天下所有的菜蔬用水牌寫了天天轉着吃到一個月現算倒好連前日三姑娘和寶姑娘偶然商量了要吃個油鹽炒荳芽兒來現打發個姐兒拿着五百錢給我我倒笑起來了說二位姑娘就是大肚子彌勒佛也吃不了五百

錢的這二三十個錢的事還偹得起趕著我送回錢去到底不收說賞我打酒吃又說如今厨房在裡頭保不住屋裡的人不去叨蹬一鹽一醬那不是錢買的你不給又不好給了你又没的賠你拿著這個錢權當還了他們素日叨蹬的東西窩兒這就是明白體下的姑娘我們心裡只替他念佛没的趙姨奶奶聽了又氣不忿反說太便宜了我隔不了十天也打發個小丫頭子來尋這樣尋那樣我倒好笑起來你們竟成了例不是這個就是那個我那裡有這些賠的正亂時只見司棋又打發人來催蓮花兒說他死在這裡怎麼就不回去蓮花兒賭氣回來便添了一篇話告訴了司棋司棋聽了不免心頭起火此刻伺

候迎春飯罷帶了小丫頭們走來見了許多人正吃飯見他來得勢頭不好都忙起身陪笑讓坐司棋便喝命小丫頭子動手凡箱櫃所有的菜蔬只管扔出去喂狗大家賺不成小丫頭子們巴不得一聲七手八脚搶上去一頓亂翻亂擲慌的衆人一面拉勸一面央告司棋說姑娘别悞聽了小孩子的話柳嫂子有八個腦袋也不敢得罪姑娘說鷄蛋難買是真我們纔也說他不知好歹憑是什麼東西也少不得變法兒去他已經悟過來了連忙蒸上了姑娘不信瞧那火上司棋被衆人一頓好言語方將氣勸得漸平了小丫頭子們也没得摔完東西便拉開了司棋連說帶罵鬧了一回方被衆人勸去柳家的只好摔碗

丟盤自巳咕唧了一回蒸了一碗雞蛋令人送去司棋全潑了地下那人回來也不敢說恐又生事柳家的打發他女兒喝了一回湯吃了半碗粥又將茯苓霜一節說了五兒聽罷便心下要分些贈芳官遂用紙另包了一半趁黃昏人稀之時自巳花遮柳隱的來找芳官且喜無人盤問一逕到了怡紅院門首不好進去只在一簇玫瑰花前站立遠遠的望着有一盞茶時候可巧春燕出來忙上前叫住春燕不知是那一個到跟前方看真切因問做什麼五兒笑道你叫出芳官來我和他說話春燕悄笑道姐姐太性急了橫豎等十來日就來了只管找他做什麼方纔使了他往前頭去了你且等他一等不然有什麼話告

訴我等我告訴他恐怕你等不得只怕關了園門五兒便將茯苓霜遞給春燕又說這是茯苓霜如何吃如何補益我得了些送他的轉煩你遞給他就是了說畢便走回來正走蓼漵一帶忽迎見林之孝家的帶着幾個婆子走來五兒藏躲不及只得上來問好林家的問道我聽見你病了怎麼跑到這裡來五兒陪笑說道因這兩日好些跟我媽進來散散悶纔因我媽使我到怡紅院送傢伙去林之孝家的說道這話岔了方纔我見你媽出去我纔關門既是你媽使了你去他如何不告訴我說你在這裡呢竟出去讓我關門什麼意思可是你撒謊五兒聽了沒話回答只說原是我媽一早教我去取的我忘了挨到這時

我纔想起來了只怕我媽錯認我先去了所以沒和大娘說林之孝家的聽他詞鈍意虛又因近日玉釧兒說那邊正房內失落了東西幾個丫頭對賴沒主兒心下便起了疑可巧小蟬蓮花兒和幾個媳婦子走來見了這事便說道林奶奶倒要審審他這兩日他往這裡頭跑的不像鬼鬼祟祟的不知幹些什麼事小蟬又道正是昨日玉釧兒姐姐說太太耳房裡的櫃子開了少了好些零碎東西璉二奶奶打發平姑娘和玉釧兒姐姐要些玫瑰露誰知也少了一罐子不是找還不知道呢蓮花兒笑道這我沒聽見今日我倒看見一個露瓶子林之孝家的正因這事沒主兒每日鳳姐兒使平兒催逼他一聽此言忙問在

那裡蓮花兒便說在他們廚房裡呢林之孝家的聽了忙命打了燈籠帶著眾人來尋五兒急的便說那原是寶二爺屋裡的芳官給我的林之孝家的便說不管你方官圓官現有贓証我只呈報了憑你主子前辯去一面說一面進入廚房蓮花兒帶著取出露瓶恐還偷有別物又細細搜了一遍又得了一包茯苓霜一並拿了帶了五兒來回李紈與探春那時李紈正因蘭兒病了不理事務只命去見探春探春已歸房人回進去丫鬟們都在院內納凉探春在內盥沐只有侍書回進去半日出來說姑娘知道了叫你們找平兒回二奶奶去林之孝家的只得領出來到鳳姐那邊先找著平兒進去回了鳳姐鳳姐方纔睡

下聽見此事便吩咐將他娘打四十板子攆出去永不許進二門把五兒打四十板子立刻交給庄子上或賣或配人平兒聽了出來依言吩咐了林之孝家的五兒唬得哭哭啼啼給平兒跪着細訴芳官之事平兒道這也不難等明日問了芳官便知眞假但這茯苓霜前日人送了來還等老太太太太回來看了纔敢打動這不該偷了去五兒見問忙又將他舅舅送的一節說出來平兒聽了笑道這樣說你竟是個平白無辜的人了拿你來頂缸的此時天晚奶奶纔進了藥歇下不便爲這點子小事去絮叨如今且將他交給上夜的人看守一夜等明日我回了奶奶再作道理林之孝家的不敢違拗只得帶出來交給上

夜的媳婦們看守着自己便去了這裏五兒被人軟禁起來一步不敢多走又兼衆媳婦也有勸他說不該做這沒行止的事也有抱怨說正經更還坐不上來又弄個賊來給我們看守倘或眼不見尋了死或逃走了都是我們的不是又有素日一干與柳家不睦的人見了這般十分趁願都來奚落嘲戲他這五兒心內又氣又委屈竟無處可訴且本來怯弱有病這一夜思茶無茶思水無水思睡無衾枕嗚嗚咽咽直哭了一夜誰知和他母女不和的那些人巴不得一時就攆他出門去生恐次日有變大家先起了個淸早都悄悄的來買轉平兒送了些東西一面又奉承他辦事簡斷一面又講述他母親素日許多不好

處平兒一一的都應着打發他們去了却悄悄的來訪襲人問
他可果真芳官給他玫瑰露了襲人便說露却是給了芳官芳
官轉給何人我却不知襲人於是又問芳官芳官聽了唬了一
跳忙應是自已送他的芳官便又告訴了寶玉寶玉也慌了說
露雖有了若勾起茯苓霜來他自然也實供若聽見了是他舅
舅門上得的他舅舅又有了不是豈不是人家的好意反被偺
們陷害了因忙和平兒計議露的事雖完了然這霜也是有不
是的好姐姐你只叫他也說是芳官給的就完了平兒笑道雖
如此只是他昨晚已經同人說是他舅舅給的了如何又說你
給的况且那邊所丟的霜正沒主兒如今有贓証的白放了又

去找誰誰還肯認衆人也未必心服晴雯走來笑道太太那邊
的露再無別人分明是彩雲偷了給環哥兒去了你們可瞎亂
說平兒笑道誰不知這個原故這會子玉釧兒急的哭悄悄問
他他要應了玉釧兒也罷了大家也就混着不問了誰好意攬
這事呢可恨彩雲不但不應他還擠玉釧兒說他偷了去了兩
個人窩裡炮先吵的合府都知道了我們怎麽裝沒事人呢少
不得要查的除不知告失盜的就是賊又沒贓証怎麽說他寶
玉道也罷這件事我也應起來就說原是我要嚇他們頑悄悄
的偷了太太的來了兩件事就都完了襲人道也倒是一件陰
隲事保全人的賊名兒只是太太聽見了又說你小孩子氣不

到好久了平兒笑道也倒是小事如今就打趙姨娘屋裏起了贓來也容易我只怕又傷着一個好人的體面別人都不必管只這一個人豈不又生氣我可憐的是他不肯爲打老鼠傷了玉瓶兒說着把三個指頭一伸襲人等聽說便知他說的是探春大家都忙說可是這話竟是我們這裏應起來的爲是平兒又笑道也須得把彩雲和玉釧兒兩個孽障叫了來問準了他方好不然他們得了意不說爲這個倒像我沒有本事問不出來就是這裏完事他們已後越發偷的偷不管的不管了襲人等笑道正是也要你留個地步平兒便命一個人叫了他兩個來說道不用慌賊已有了玉釧兒先問賊在那裏平兒道現在

二奶奶屋裏呢問他什麼應什麼我心裏明白知道不是他偷的可憐他害怕都承認了這裏寶二爺不過意要替他認一半我要說出來呢但只是這做賊的素日又是和我好的一個姊妹窩主却是平常裏面又傷了一個好人的體面因此爲難少不得央求寶二爺應了大家無事如今反要問你們兩個還是怎麼樣要從此已後大家小心存體面呢就求寶二爺應了要不然我就回了二奶奶別冤屈了人彩雲聽了不覺紅了臉一時羞惡之心感發便說道姐姐放心也不用冤屈好人我說了罷傷體面偷東西原是趙姨奶奶央及我再三我拿了些給環哥兒是情真連太太在家我們還拿過各人去送人也是常有

的我原說說過兩天就完了如今既寃屈了人我心裡也不忍
姐姐竟帶了我回奶奶去一槩應了完事衆人聽了這話一個
個都詫異他竟這樣有肝膽寶玉忙笑道彩雲姐姐果然是個
正經人如今也不用你應我只說我悄悄的偷的嚇你們頑如
今鬧出事來我原該承認我只求姐姐們已後省些事大家就
好了彩雲道我幹的事爲什麼叫你應死活我該去受平兒襲
人忙道不是這麼說你一應了未免又叨登出趙姨奶奶來那
時三姑娘聽見豈不又生氣竟不如寶二爺應了大家沒事且
除了這幾個人都不知道這麼何等的干凈但只已後千萬大
家小心些就是了要拿什麼好歹等太太到家那怕連房子給

了人我們就沒干係了彩雲聽了低頭想了想只得依允於是
大家商議妥貼平兒帶了他兩個並芳官來至上夜房中叫了
五兒將茯苓霜一節也悄悄的教他說係芳官給的五兒感謝
不盡平兒帶他們來至自已這邊已見林之孝家的帶領了幾
個媳婦押解着柳家的等穀多時了林之孝家的又向平兒說
今日一早押了他來怕園裡沒有人伺候早飯我暫且將秦顯
的女人派了去伺候姑娘們的飯呢平兒道秦顯的女人是誰
我不大相熟啊林之孝家的道他是園裡南角子上夜的白日
裡沒什麼事所以姑娘不認識高高兒的孤拐大大的眼睛最
干凈爽利的玉釧兒道是了姐姐你怎麼忘了他是跟三姑娘

偷到底有些影兒人纔說他雖不加賊刑也革出不用朝廷原有挂誤的到底不算委屈了他平兒道何苦來操這心得放手時須放手什麼大不了的事樂得施恩呢依我說總在這屋裡操上一百分心終久是同那邊屋裡去的沒的結些小人的仇恨使人含恨抱怨况且自己又三災八難的好容易懷了一個哥兒到了六七個月還掉了焉知不是素日操勞太過氣惱傷着的如今趁早兒見一半不見一半的也倒罷了一夕話說的鳳姐兒倒笑了道隨你們罷沒的慪氣平兒笑道這不是正經話說畢轉身出來一一發放要知端底下回分解

紅樓夢第六十一回終